KB272327

모티브의 전향

모티브의 전향

—

초판 1쇄 2026년 4월 27일
지은이 황삼연
펴낸이 김영재
펴낸곳 책만드는집

—

주소 서울 마포구 양화로3길 99, 4층 (04022)
전화 3142-1585·6
팩스 336-8908
전자우편 chaekjip@naver.com
출판등록 1994년 1월 13일 제10-927호
ⓒ 황삼연, 2026

—

—

ISBN 978-89-7944-925-9 (04810)
ISBN 978-89-7944-354-7 (세트)

책 만 드 는 집
시인선 278

황삼연 시조집

모티브의 전향

책만드는집

행복은

어제부터 피어 있는 뜨락의 꽃 한 송이에게

안부를 묻는 것이다

삼장 육구를 위해

쌍꺼풀로 고치고
코도 조금 높이고

분 발라 감춘 기미
향수도 뿌린 데다

번듯한
키높이 구두
모자도 쓸까 고민 중

2026년 4월
황삼연

3부   길라잡이를 따라

5부 길섶에 앉아서

1부
길의 초입에서

자연스러움의 재해석

매듭을 만지는 게 역류 꼭 아니어서
훗날쯤 피리라는 꽃말이 기억날까
서둘러 치닫는다고 붉은색을 띠려나

다급한 자드락에 이랑을 탄다 해도
애꿎은 산비둘기 비장한 구애 소리
한때만 자닝하던가, 메아리로 숨기는

삼켜야 견뎌낼 말 목줄에 매달린 날
애저녁 소금꽃이 어스름을 막아섰다
무모한 서슬 아래로 콧날 세우는 야행성들

아침을 열다가

열대야 지새우고도 십사층 오른 신문
된 하루 암시하듯 무겁게 웅크렸다
굵직이 스멀거리는 혓바닥이 보인다

낭보는 짓이겨져 귀퉁이 내몰리고
궤변들 집요하게 곳곳을 들쑤시며
뭉클한 형용사들의 목을 잘라 매단다

맵싸해야 눈여기는 5D의 초감각 속
실시간 SNS로 근력이 풀어지자
오탈자 개의치 않는 몸부림이 가엾다

부익부의 전설

사마귀 눈을 보라
늘상 희번덕거리는

고프다 뜯어 씹는
왕성한 입맛으로

수컷도 만찬거리라
가리지 않는 저 뻔뻔함

5시 30분과 6시 사이

솟친 해 고도 차이는 그렇다 치더래도
산책과 운동 차이쯤 따지지 않더래도
셔터들 앞을 다투다 닭 우는 소릴 깨문다

불빛은 창을 타고 집집을 깨워대고
맞벌이 살림살이 야무지게 설치거니
상큼한 마수걸이는 이를수록 좋단다

인심이 호객이라 아우를 서로여도
차이는 차이일 뿐 따져서 어쩔 것이
변덕에 맛 들인 일진 갈지자로 찾는다

시간의 정체

본래의 제 모습 있기나 하는 걸까
찰나에 몸을 숨겨 은밀히 닦달하는

거듭된
소용돌이인 줄
알면서도 속수무책

눈앞에 있는 듯 손안에 또 든 듯
호흡을 앗아 가는 치밀한 신기루여

좇나가
좇다가 다할
페이드아웃 메아리

사모곡

서리에 잎이 질 때도
미소로 가득했지요

병상의 가는 볕살
눈으로 모아 담아

한마디
않으신대도
알 수 있는 떨림입니다

꽃다운 기운들을
아끼지 않으신 게

골배질* 다름 아닌 줄
이제사 사무칩니다

풀리는

삼동길 따라
봄을 부르고 가신 당신

* 나루터에서 얼음이 얼기 시작하거나 풀릴 때, 얼음을 깨고 뱃길을 만들어
배를 건너게 하는 일.

고금리

외로 지나 바로 지나*
어스름 깔려오고

간간이 노을 짙어
내일에 들뜨다가

뜬벌이
녹록지 않은 길
무기수로 앉은 일상

* 이렇게 하든지 저렇게 하든지 마찬가지라는 뜻.

금릉의 노래
－고향 찬가

금오산 이마 끝에 아침이 걸리면서
앞내의 백사장은 은빛을 열어가고
골목엔 철부지 동무들 서두르듯 붐비던

황악이 품어 안은 자산의 맑은 기운
샘솟듯 흩어가니 새소리도 정겨워서
집마다 도란대는 웃음 대문 활짝 열리고

새 길 난 설렘 위로 자치기 이어지다
어스름 반딧불이 노을을 휘젓고야
하나, 둘 아쉬운 걸음 앙감질도 무겁던

부푸는 꿈길 따라 모습이 변해가도
어떻게 잊을 건가 정 깊던 동무들아
안태본 잉걸로 있어 다하는 날 너머로

CCTV 없는 양계장

방임된 자유들이 법 위에 서 있나니
동주의 무리들에 상식이 지배되고
음악은 산란을 위해
하루 종일 울린다

햇살을 돌렸으니 음지가 양지 되고
벋어갈 가지조차 잘라 가는 키 고르기
함부로 새벽 알리다
목이 틀린 장닭들

희번덕 살쾡이가 닭장을 엿보는데
쥐 몇 마리 뚫어놓은 구멍을 찾았겠다
주둥이 들이밀다가
버둥거린다, 아직은 좁다

기슭

여기쯤 끝닿은 줄 내닫다 지칩니다
한 치 더 나아가려 질기게 벋습니다
단호한 경계였기에 신열로 아픕니다

묵직이 갈구했고 순순히 따라가던
살 깎는 간절함도 그냥 두라 합니다
이상에 직관까지도 버텨가는 전부를

베이스 기타

기교도 화려함도
애잔한 티도 없는

우아한 열창에도
동요 한 치 일지 않는

소리로 소리를 받치는
다만 묵직한 소임

불거질 음이 날까
줄마저 모자란 채

무대의 한켠에서
울림만으로 존재하는

계륵은 이미 아니어
끝내 튼실한 버팀목

시우쇠 두드리는
땀 절은 목청 같은

숲으로 몰아가는
무테의 에너지로

눈비음 쏠리지 않아
거기중하다, 마냥

밤비, 불면을 탄주하다

그들이 달려온다
쾌속의 말굽 소리
꽃 장식 한 점 없이
들러리 누구 없이
선명한 살촉의 표적
옴나위없는 식은땀

통증도 모를 고통
뒤척임도 포기한 채
질기게 날름대는
혼을 앗는 불협음들
매몰찬 유린의 현장
비명조차 지워진

버티리, 버텨내리
눈꺼풀 천근의 무게
빗소릴 빗질하듯

초원을 홀로 보나니
어둠의 절대적 공간
비집은 틈 환영 하나

이윽고 라르간도*
사슬은 풀어지고
또렷한 반발력에
잊었던 어지럼증이
비로소 동공을 열고
젖은 땀을 씻는다

* largando. 점점 느리고 폭넓게.

피오르의 투신

아찔한 높이에도 거침없이 몸을 던지는
경계 밖 이질로의 순식간 일탈을 보라
비로소 닿고야 마는 희열의 저 무언극

천년의 인내마저 처참히 찢어지고
드러나 이지러져 울부짖듯 아, 몸부림
영욕은 등줄기 줄기 채찍질을 해댄다

살신의 흔적으로 흥건한 적막이여
바다는 스러지다 파도를 잊었던가
트롤의 긴 한숨들이 메아리로 엉긴다

돋보기 속의 소실점

들꽃도 산새까지
길 바빠 찾지 않는

숲 길섶 푸른 그늘
무당벌레 쉬고 있다

쉬어야 볼 수 있대서
더듬이를 내민다

벌레와 버러지의 차이

32

고향에선 벌레를 버러지로도 불렀다
답잖은 짓을 할 때 더욱 그리 불렀다
말 속엔 짜릿한 맛도 신통하게 들어 있다

2부
이정표를 찾다

너!

달빛이 서성대도
소리 없는 대밭입니다

열차가 흔들어도
조용한 마을입니다

바람만
가리산지리산*
뒤집어 놓는 속입니다

* 갈팡질팡.

산책

36

네 안에 나를 두라 무던히 일렀어도
내 안에 너를 두려 한사코 소진하니

어디에
너는 있느냐
안타까운 솔밭길

노을

새하얀
포말 뒤로
진종일
감췄대도

소용돌이치는
맘
시리도록
달궈진

기약을
말하지 않는
장엄한 한계
슬픈 이성

시곗바늘

38

내처
달릴 수 있는
질긴 힘 넘칠 적에

무던한
호흡으로
걸음을 맞추다가

불현듯
맴만 도는 걸
알아차린 어처구니

라트비아의 농부

이곳에서도 농부는 뜨거운 밭에 든다
힘겹게 작물 사이 매달려 있다지만
아이들 뒷배 걱정에 그을린 얼굴 아니다

들은 깊어 아득토록 곡식은 여무는데
드문드문 웅크린 집들 고즈넉이 들앉으니
품앗이 챙긴다 해도 감당할 일 느긋한

계절은 어김없이 하루를 몰아가지만
일손들 여유 아래 햇살도 한가한데
비좁아 아등거리는 반 토막의 조국아

잘 사는 바램들이 한참이나 다르다며
가져서 호사로운 건 즐거움이 아니라는
유채꽃 만발한 속에 이가 드러난 저 웃음

소수素數의 날

방에서
겨우 나온
소파 속
연체동물

컴퓨터
부팅 시간
대기조차
조급하여

습관적
리모컨 터치
채널 사이
누빈다

파파라치

억새꽃 그 곁에서 혼자선 서지 마라
입바른 눈총들이 꽃만 보지 않는다네

꽃 두고
돌로 우기는
천재들의 아우성

까마귀, 그 사투

42

잽싸게 달려든다, 광속의 도로 위로
발견한 먹잇감에 눈부신 본능이다

허기진
갈증만 남은
말라버린 눈물샘

쳇바퀴 모질게도 비켜 가지 못해서
낚아채야 살 수 있는 엄중한 내몰림에

스스로
먹잇감인 줄
모르는 듯 아는 듯

알았다

나비가 가볍다는 걸
꽃대 보고 알았다

숲의 짓누름에도
기척 않는 산이지

공연히 땅을 굴리는
부끄러움을 보는 날

바람의 무게

첨부터 안답니다
가벼워야 한다는 걸

수천 번 지나고도
수만 번 지르밟고도

이냥껏
홀로 스치듯
자국 없는 써레질

어디든 순순해서
가야 할 데 두지 않고

먼지도 다독이고
파도도 아우르며

풀꽃에

입을 맞추는
딱 고만큼의 무게로

어느 날의 일기

길마저 꾸부정해진
우중충 무거운 날

고요는 살을 메겨
벼랑으로 몰아치고

관통된
바람에 쓸려
속절없는 한나절

무심결 뱉어진 말
푸념으로 뒹굴 때

화면은 멍하도록
제멋대로 내달리고

기억은

구겨진 폐지
만질수록 쌓인다

나는 공범

아무렇지 않다는 듯 태연한 오염균들
감염된 손끝에서 자행되는 무차별 현장
말리지 못하였으니
공범이다
공범이다

무언이 변명일까 무지를 핑계 삼나
무공해 꿈을 꾸다 속증만 깊어지고
빗줄기 드세지는 날
개천 잠시 붇네만

논밭이 갈기 찢겨 동네는 무너지고
맹속의 눈초리들 각진 탑만 세우거니
겨울 손
가을 범해도
그냥 서 있다, 물끄러미

웅숭깊어서

기도를 하자는 것, 빛고픈 소망이면
폭풍우 드센 날도 날갯짓 백구려니
뿌려둔 씨앗들 있어 자드락에도 풀꽃이

동녘이 밝다 하면 일어설 체면이다
무언가 얻고프니 무언가 해야겠지
땀 먼저 흘린 후라야 꿀맛이 될 기도여

사랑은 에너지로 존재의 본령 덩이
돌아볼 어둠에서 걸음을 익히나니
옹차게 맞잡은 날에 숲의 길을 보는 일

늦가을 크로키

채워서 비워내는 탄복할 여유를 보라
살라서 맑아지는 하늘 켠 살핀 품에
저 억새 흐너진 독백 아리도록 꽂힌다

늦도록 품은 빛을 떨군들 아쉬울까
익었다 자부하면 멍마저 물컹거릴
느긋이 노을 필 그때 손편지 한 장 쓰고픈

일렁인 갈잎 손길 끝점을 보노라니
찾아올 이름들이 소스라치게 내걸려
함부로 무심치 말자 잡아채는 길섶이다

모퉁이 돌아들 즘 겨울 훅 드민대도
넉넉한 환대라면 겸상한들 어떤가
까짓 봄, 오면 볼 테지 반주 한 잔 치든다

편견도 습관이다

불로초 찾으려던 진시황이 죽었다
역사에 기록되길 천하를 통일한 왕
만리성 고통의 현장 민초 얘긴 없었다

3부
길라잡이를 따라

어떤 장터

두 푼은 더 되겠지
새순들 장에 섰다

꽃이 피기도 전에 볕살 좋다 나선 호기

들마에
시들한 길목
떨이 외침
목쉰다

민들레

혼자선 힘에 부쳐
바람을 앞세웠다

짓눌려 뒤척이던
멍하니 버텨오던

봉인된
누천년 사슬
풀어내는 봄 볕살

허공은 날개여서
구겨지지 않는대도

투명한 이정표가
두렵게 팔딱이는

내 하나

건너지 못하고
주저앉은 그날 오후

발트국의 들

들길은 저기 끝을 마다 않고 찾아가고
새는 까무룩 해도 한눈에 담아보네
인적만 바람에 날려 목마름을 견딘다

알곡의 살찐 꿈이 빈 들을 망각한 채
맞물려 억겁의 시간 농부를 붙들었네
똬리 튼 전설로 엮어 땀내를 지웠구나

산을 어디로 치워 구름을 놓아주고
설 자리 호수는 앉아 물길을 유혹하네
들 한켠 동그마한 집 아름답도록 외롭다

쌍분

산자락 섬벅 잘라
볕살로 가지런하니

함초롬 감국의 향
정갈한 주변이다

행인도 숙연한 맘에
옷매무새 고치고

내닫는 시선 따라
기억은 거침없어

고운 정 미운 정이
살갑던 그날처럼

오롯한 외길뿐인 양
영원을 가는 동행

눈물 해부학

온전히 혼자의 몫 혼자만의 발현이다
나누어줄 수 없는 투병의 질긴 상대
던져도 깨지지 않아 목 밑에 걸어둔 것

샘처럼 솟았다간 뼈마저도 물러질
그러나 카타르시스, 쑥스러운 기억 같은
뒤돌아 애써 태연한 그러다 더욱 아픈

맘 안에 담아두면 말갛게 삭혀질까
헹구듯 내어 걸다 허공중 붉은 칠을
닦다가 멈출 일이면 천만번도 울겠다

한가을 볕살같이 별안간 달궈지는
떨굴 잎 가늠하다 무서리 닥쳐온 날
숨죽여 쏟아놓기엔 마음 하마 비워진

먼 곳

멀어도 먼먼 곳은 먼 곳이 아닌 거다

알 수 없는 먼 곳은 먼 곳이 아닌 거다

눈으로 보이는 만큼 그쯤 먼 곳이 먼 곳

하루를 벗기다가 조금씩 선명해지는

뒤엉키다 알게 되는, 잡힐 듯 멍해지는

한때는 기다림이었던 길의 끝인 저기 먼 곳

반란

구석진 방 안에는 오늘이 갇혀 있다
짓눌려 포개진 채 오늘, 시들의 오늘
창문은 마음먹기로 열 생각이 전혀 없는

그러다 문이 열리고 새 단장 시가 들고
물 한철 지난 때라 고스란히 얹히는
설렘은 주파수를 잊고 어제 같은 그냥 오늘

초점은 헐거워져 손끝도 닿지 않아
밀봉의 정중함이 속절없이 삭혀진다
아우성, 영혼들의 등쌀 헉헉거리는 오늘

쌓다가 흐너지는 끝물을 보려는가
바람을 못 챙겨도 달빛은 부여잡고
살풀이 검무를 추자 원 없도록 춰보자

도미노
— 바이러스

가위에 짓눌리는 악몽을 꾸었다네
복면 쓴 낯선 이들 한 걸음씩 조여오는
상실의 하얀 밤들이 이어진다, 날마다

사회적 거리두기란 별스러운 엄포 아래
감금인지 유배인지 씁쓸한 구들직장
이참에 목민심서 같은 대작 한 편 써볼까

치열한 부대낌이 잉태한 씨앗이어서
시종일관 함께로 감내할 동반자라지
늘 꾸던 하나로 여겨 이냥 품고 자려네

미완성 무대

체취는 채보되어
바닥에 쟁여진다

은행잎이 얹히고
소금이 뿌려지고

월동을 기대했는지
몸 한번 떨지 않는다

살 발린 가시였다
숨 붙인 예리한 칼날

고가의 접시답게
싸늘함 숨기지 않는

단역도 역할이란다
부릅뜨고 만 저 눈동자

악기는 악보 앞에서
지휘봉을 찾아낼까

절여진 은행잎 아래
잃지 않은 노란 살내

월동은 시작되었다
들리려나, 제2악장

자전의 일부분

억새의 질컥함이 숲 하나 완성하고
새에게 배운 말을 바람에 전하는 날
갈대는 강자락 자락 촘촘히 엮고 있다

비밀한 대화겠지 구절초 진 자리에
잎들이 몰려든다 탈색된 아우성들
아무도 길을 모른 채 터벅대는 비현실

숲은 또 긴 호흡에 무덤덤하니 지내듣고
바람은 억새 잡고 사는 법 전하지만
변색의 상위 포식자 포만감을 모른다

초식의 무리에겐 소용없는 울이어서
음악도 없는 밭에 들꽃을 가꾼다지
어울릴 제 깜냥으로 그만한 게 없다고

굽는 이유

어둠의 망각보단
빛 든 그늘이 낫다며

기도는 새벽까지 벼랑길을 달렸다네

핏빛은
붉었음이라
못 견디게 붉었어라

비워낸 허전함보다
아파도 그리움이지

상처는 호흡으로 심장을 두드린다네

돌부리
채어 굴러도
눈에 든 길 가리니

져야 꽃

더러는 지는 꽃이 부러울 때가 있다

피다가 한껏 피다가
까무룩 지고 마는

못다 한
그리움 고것
지질 않는 딱 한 치

비에게서 얻은 시

가슴에 꽂은 이 꽃 이름 모를 들풀의 것
소나기 지난 자리 함초롬 고개를 든
단호한 천진함으로 흔들어볼 심장이다

뒤채는 개울에도 거뜬한 수초의 군
수월치 않은 것을 수월로 여겼을까
들풀은 머뭇댐 없이 피워내는 꽃이다

바람도 안았으니 비 정도는 괜찮은
멈춰야 할 궁상이다 악몽이 떠내려간다
시듦을 두려워할까 꽃 가득한 저기 들

무언극

기도를 살피려다
문자가 된 허연 몸

허공중 언어보다
일말의 애틋함에

내디딜 이정표란다
또박또박 적는 말

살다 보니

이제는 눈으로도 말할 수 있어지고
어느새 귀로도 볼 수 있게 되고야
한마디 아껴둔 것들 잔웃음에 들었다

책장을 펼쳤으니 끝까지 읽으리라
뒤엉긴 이야기가 주인공을 괴롭혀도
하찮은 텃밭일망정 풀만큼은 매고 볼 일

하고파 다 한다면 아픔이 아닌 게지
몸으로 지퍼가는 물길을 꿰어보려
말없이 말하는 법에 흠씬 익은 저 행보

뒷산을 올라보고 앞들을 달려보고
줄잡아 이만여 번 낮밤을 만나봐도
주변이 모두 안다는 그 길 몰라 두려운 날

4부

굽잇길의 속성

저물녘

몽돌로 문질러진 가슴팍 민무늬살
바람도 들 데 없어 바램으로 내달린다

굽잇길
몸에 익으니
요동친들 대수랴

놓아선 끝장인 줄 그 안간힘 무색한 날
풀내도 마냥 아파 코끝에 날이 설 때

어둠이 부딪는 순간
눈시울이 젖는다

경천호* 그날

선이라도 보는 듯
고요가 화끈댄다

잎 하나 새가 되는
마법은 요동치고

물비늘 갈피 사이로
익어가는 밀어들

새 떼를 일으킨다
단홍빛 저 날갯짓

한 올의 물안개조차
예민한 호흡이어서

산자락 맵게 타건만
바삭거리지 않느니

지나다 멈춘 걸음
고요 속 밟았기로

티끌도 아니라네
파문도 긋지 못해

물 위로 던져진 그림자
끝내 찾을 수 없었다

* 경상북도 문경시 외곽에 있는 호수.

해 질 무렵

선선히 놓지 못해 늘어진 그림자다
거침없던 그 한때
기억으로 담기 싫어
한순간
꺼질지라도
갖은 힘을 다한다

화신을 꿈꾼다면 절박하진 않았겠지
잇고픈 스토리라
매듭 더욱 조이는
무언극
슬픈 그림자
몸부림이 외롭다

시계

거친 호흡
질긴 완력
화살표
셋이 엉겨

남 가리키는 곳으로 가지 말라 손사래 친다

우연히
갇힌 쳇바퀴
오리무중
긴 터널

파도

부딪쳐야 피어나는
하얀 꽃
시린 순수

가없는 힘을 몰아
떨기를 피우지만

순간은
허공을 타고
향기조차 거둔다

외침은 비명으로
산산이 흩어지고

무덤덤한 뭍의 넉살
외면된 하루 또 하루

모래알
세는 그 만큼
멍이 되고 만 꽃잎들

잉걸이 된 고백

음구월
이슥할 즘
그맘때
그 달 뜨면

그 오솔길
머금은 말
바람이
들춥니다

삭히고
다져두었던
'사랑합니다'
불멸의 말

하루살이

혼자보다 둘이라 카마
당기고 밀어야제

문디 자슥 지랄 염병
맞밀고 맞당기니

꼴값 봐
주춧돌 빼뿌면
불 보듯 뻔한 기라

고시원 필살기

죽자고 외길인 양 곁눈길 봉해놓고
별 한번 따보려다 푸념만 탑을 쌓네
피하는 볕살인 줄로 뒤틀리는 역정들

해박한 논리에도 풀리지 않는 매듭
시장통 밥집 아줌마 삼십 년 머문 자리
당상을 바랐던 걸까, 부대끼며 스민 거지

웃자란 풀이 된들 곁바람 어쩌려고
골짝을 돌아든 뒤 바다 가는 무던함쯤
첫머리 관주 쳐두자, 넝쿨손이 두렵다

가시고기 초상화

저 몹쓸 가난 앞에 기품은 소용없다
마땅한 걸음인 줄 몸 먼저 아셨으니
단칸방 뒤채는 숨결 팔 할 넘는 온기다

막일을 마다할까 등 휘는 고됨쯤이야
큰기침 한 번으로 삭혀온 당신이시다
기스락 기대섰어도 비척대지 않으신

짊어진 모진 짐들 몫인 양 감당하며
저녘을 잃은 삼 남매 애간장 남은 삼 남매
내일 좀 모르셨기로 뜨겁기만 한 품이다

모티브의 전향

이마에 조표를 달고
어길 수 없는 보폭에도

변조에 변박까지
가끔은 발버둥 쳐도

구전 속
한 편의 기적
부질없는 바라기

둘 모여 소절 되고
번듯한 듯 갖추지만

쉼 없이 쪼개지는
음표를 놓칠세라

악짓손

숨 가쁜 질주에도
겹세로줄 단호하다

봄꿈에 바람 들다

지나온 어제들을 기억으로 딛고 서면
그대로 당당한 줄 대가 센 어깨라서
눈 녹자 들썩이는 꿈 시끄러울 한동안

엇비슷 간발의 차 맹렬한 각축전에
엉기는 기승전결 꽃들이 안달이다
연초록 유혹의 바림 난무하는 독설들

칼을 문 배수진에 섬뜩한 논리의 배후
열매를 달지 못한 꽃들의 남은 날이
만장 끝 매달려 운다, 영문 모르는 꽃샘바람

여물지 않는 밤

떨림이 노래가 될 때 밤은 더 고독하다
열 가닥 일상에서 벽으로 선 절망들
너머로 빛은 내달아도 놓지 못한 자락 끝

바람도 빨려들고 별도 달도 스며들고
몰려든 새들마저 고요로 섬이 된다
능선도 가슴 움키며 억지스러운 긴 호흡

여지껏 꿈틀대는 비릿한 욕망 앞에
어설픈 기도문이 눈가림 익숙할 때
먼동은 안타깝게도 닭 우는 소릴 놓친다

잃어버린 공명

뻐꾸기 우는 날은
말을 달려야 할 때다

공허로 미어지는 메아리를 어쩌겠나

대지는 허상 같아서
달리고야 견디지

마른날 울컥대는
천둥도 있더랬다

굽 없는 말이겠지, 소리 잃은 질주여

더러는
삼켜야 할 것들
멀어져만 가는 뻐꾹 소리

달 업고 있는 솔

내일 밤도 찾아주리란
온전한 믿음 있어

언덕진 길목에서
등 휘도록 서 있다

진즉에 삼켜낸 고독
숨 고르는 천의 잎

몸 안에 밴 것이
풋풋하지만 않아서

접어둔 기도문들
몇 번을 고쳤을까

둥그런 달을 품고도
목이 마른 이유다

불씨

1953년 7월 19일
위태한 불씨였다

꺼뜨릴 수가 없는
꺼뜨려서는 안 될

어머니
그 노심초사
여태 뜨건 불잉걸

1988년 7월 9일
불씨를 나누었다

물 위도 뛰어오르는
쇳덩이도 녹여내는

제 어미

애틋한 기도
알아챈 드센 불꽃

5부

길섶에 앉아서

목포항 수식

유달산 영산강이 가락 타고 구성져도
스치듯 지난 터라 속사정 알 바 없어도
남도창 한가로워라 뱃고동이 드높다

섬 사이 수평선에 노을이 드리울 즘
그을린 팔뚝들이 만선을 끌어오면
항구는 또 시끌벅적 생물들 펄펄 뛴다

바다의 생기인가 뭍의 맥박인가
누세대 정을 붙여 살뜰히 다져가는
들 너른 그 품 안에서 사람마저 좋을시고

암자 일우

바람도 비껴가고
에도는 산새 소리

흰 고무신 가지런히
면벽에 숙연할 새

하루해
문고리 잡고
용만 쓰다 지친다

초승달도 실눈 뜨고
헤집듯 톺아보고

고즈넉하던 골짝
도지는 궁금증에

저 풍경

헛기침으로
경계 고삐 다잡는다

블랙커피로 쓴 수필

꽃잎을 타고 오던 그 빗물 멎은 날엔
커피를 좋아하는 아내를 기다린다
먼저 와 자릴 정하는 이 시간이 참 좋다

촉촉하던 빗소리가 기대앉은 의자로
보란 듯 혀 내미는 원두를 볶는 진동
빈자리 생긋이 웃는 얼굴 하나 선하다

계절이 분주하게 자꾸만 다그쳐도
두 손을 고이 모아 음미하는 한 여인
고 자태 보듬어보는 기다림이 참 좋다

비 온 뒤 걷는 길은 꽃들도 화사해서
함께라는 따스함이 물컹거려 정겨워서
커피 향 입술을 돌며 예쁜 그림 그린다

파리의 도피 행각

먹히지 않으려고 눈에 띄지 말 곳에
비상식 너끈하고 주변도 마침맞은
어미는 대를 이으려 쉬를 슨다, 비장하게

해코지한 적 없이 누추함도 마다 않아
날개도 얻었다지, 예민한 후각 봐라
버려진 찌꺼기인들 성찬 같은 끼니려니

식탐이 만만찮아 좌충우돌 설치다가
지나친 성가심에 제거 대상 표적 1호
벌겋게 뜬 눈 아니면 날벼락에 경친다

날카로운 이도 없고 까무러칠 침도 없어
재빠른 줄행랑이 목숨 부지 비결인데
몽타주 징그러운 벽보 고것만은 떼주오

봄은

은퇴한,
잘 알려진
희극배우가 틀림없다

버젓이
들뜨도록
야단스레 헤집고는

당신은
짐짓 무표정
언제 오셨다 가셨나

대사
한 줄 없어도
이끌리는 몸들 보라

꿈틀대는

속불을
짓누를 수 있다는가

새벽잠
다그치는 그대
스쳐 가도 괜찮소

진화론적 접근법

비상식이 상식이 되고
무노동이 노동이 된

도지는 고질 병세
걸핏하면 길거리 공연

동구 밖
느티 한 그루
오백 년도 더 서 있다

저물녘 산문

적막이 산 하나를 통째 삼키고 있다
이런 날은 바람도 멀찍이 있을밖에
짐승도 사람마저도 움키고 말 발소리다

한 입 정도 베어 물린 달빛도 스산하고
말벗이 되어줄 줄 설레던 발길조차
어스름 묵직이 깔려 심상찮은 분위기다

온종일 괴롭히던 뱉고픈 물음표들
함부로 쏟았다간 돌아올 메아리라
나이테 까칠하도록 꼬깃꼬깃 챙기는

재연될 내일 두고 가늠할 심사건만
수렁 같은 고요는 오히려 완강하여
하나둘 별들을 모아 우주 하나 또 만든다

임자말

지 맘에 안 든다고 새로 짓는다 카마

부사뿌고 다시 짓고
부사뿌고 다시 짓고

그카다
다리 쭉 피고
누워볼 날 있겄나

생존 전략

할 말을 아끼려오
표정을 숨기려오

글에도 그림에도 표식만 남기려오

무섭소
까닭 없는 이
얼굴 없는 얼굴들

얼굴 한번 비추려고 물가에 앉았더니

쉰 목을 축이려는
고라니 주춤대고

몸 담글 산새 한 쌍
꽁지깃 쫑긋거리자

송골매 맴도는 경계
얼핏얼핏 비친다

무언의 아우성이
새파랗게 뛰어들어도

수면은 태연하게
잎 하나 띄워놓고

늦봄이 물수제비에
속절없이 갇힌다

유전무죄

꽃에서 꽃으로
호랑나비 한 마리

얻는지 빼앗는지
단꿀을 빨고 있다

환장할, 알 수 없는 일
벌어지고 있었다

창

반 평 남짓 터앝인 양 날마다 일궈가는

산 들에 꽃길 두고 새 노는 내도 두고

내 창은 스스럼없이 철마다 넉넉하다

다시 피는 꽃

옷섶이 삼킨 고독 연화지로 번지다
울컥한 잰걸음이 올려본 저기 추풍령
잊겠단 다짐도 아파 노을꽃이 되려나

서리 튼 마른 가지 맘 졸일 그 기다림
더는 못 할 것 같아 게우는 기억으로
잿마루 턱까지 찬 숨 질기게도 보채고

살라낼 맘 끝이면 수월할 아픔이지
모질어야 한다고 되뇌던 자해마저
첫눈꽃 뭉클한 설렘 추스르는 속정을

폭포

각통질*이 아닙니다
발싸심**도 아닙니다

둘러선 숨탄것들과
가댁질*** 더욱 아닙니다

떡을할,
각다분한**** 허울
털어내고파 그럽니다

* 소 장수가 소의 배를 크게 보이려고 억지로 물과 풀을 먹이는 짓.
** 어떤 일을 하고 싶어 안절부절못하고 들먹거리며 애쓰는 짓.
*** 아이들이 서로 잡으려고 쫓고 쫓기고 달아나며 뛰노는 장난.
**** 일을 해나가기가 힘들고 고되다.

넥스트Next

한 조각 볕뉘를 불씨로 움켜쥐고
질기게 달라붙는 어둠을 버티려고

시 한 줄
눌러씁니다
노래가 될 것만 같아

부시면 보지 못해 어둠과 다름 아니어
새벽 같은 설렘으로 가슴을 펼치려니

반전은
계속되겠지요
어둠기에 더 밝은

삶의 기원과 궁극을 노래하는
사랑과 그리움의 서정
- 황삼연의 시조 미학

유성호 문학평론가·한양대학교 국문과 교수

1. 다양한 서정의 계기들을 마련해 가는 시조

황삼연의 새로운 시조집『모티브의 전향』은 시간의 지속적 흐름 속에 놓인 인간 실존의 모습을 곡진하게 담아낸 정형 시단의 산뜻한 성과이다. 잘 알려진 것처럼, 우리는 시간의 깊이를 헤아리지 못하고 효율적 속도만을 취해온 가파르고도 척박한 역사를 이어왔다. 그러나 명민하고 마음 밝은 시인들을 통해 우리 시대에 대한 반성적 의지와 성찰이 계속되어 온 것도 사실이다. 시인들은 비록 우리가 크고 빠르고 새로운 것만 찾아다닌다 하더라도, 작고 느리고 오랜 존재자들이 아직도 우리를 따듯하게 품고 있고 근원적 가치가 여전히 중요한 가치를 가지고 있다는 점을 역설해 왔다. 그래서 삶의 비극성을 증언하면서도 인간의 기원과 궁극을 암시하는 시선을 우리에게 낱낱이 보여준 것이다. 황삼연 시인은 정형시를 통해 이러한 시인으로서의 고유한 직능을 유감없이 보여준다. 낮고 느릿한 시선으로 삶의 온기와 지향을 노래하면서 사람들의 구체적 삶을 향해 단단한 힘을 확산해 간다. 이는 그의 사유와 감각이 추상적 선언에서 발원하는 것이 아니라 꽤 구체적인 실감에서 생성된다는 점을 확연하게 보여주는 대목일 것이다.

　우리가 잘 알듯이, 시조 미학은 고전적 사유와 감각을 존중해 온 역사를 가지고 있다. 최근 쓰이고 있는 작품들 역시 이러한 고전적인 동일성 원리에 주로 의존하고 있다. 물론 이는 시조가 고전적 정형 양식이라는 점에서 쉽게 이해되는 대목이다. 하지만 황삼연의 시조는 우리가 살아가면서 만나곤 하는 존재론적 난경難境이나 명암明暗에 주목함으로써 인간 존재의 중층성을 노래하는 고유한 권역을 거느리고 있다. 그 점에서 시인이 동일성 원리를 추인하면서도 다양한 서정의 계기들을 마련해 간다는 점은 매우 강조되어 마땅하다. 단일한 목소리로 내면의 정서를 노래하지 않고 우리가 경험할 수 있는 순간들을 서정적으로 다양하게 채록해 가는 적공積功이 소중하게 다가오기 때문이다. 그렇게 황삼연 시인은 사물의 외관을 묘사하면서 거기에 자신의 삶의 태도를 덧입히고, 오랜 시간을 탐구하면서 그 안에서 근원을 상상하고, 사물 안팎에 남겨진 기억의 흔적을 따라가면서 새로운 삶의 의지를 살피고 있는 것이다.
이제 그 다양한 서정의 문양을 하나씩 검토하면서 황삼연의 시
조 미학을 실물감 있게 읽어보기로 하자.

2. 감각의 탐구를 통해 가닿는 시조 자체의 존재론

먼저 황삼연 시조에서 눈에 띄는 것은 시인이 다양한 사물
의 감각적 전이轉移 양상을 아름답게 포착, 형상화하고 있다는
점이다. 그 안에 서린 경험적 실감이나 무게는 매우 환한 개성
을 담고 있다. 그것은 그가 삶의 활력을 노래할 때에도 그 안에
매우 미세한 정서가 숨 쉬고 있고, 가없는 슬픔을 담아낼 때에
도 거기에 퍽 구체적인 삶의 과정이 응축되어 있기 때문일 것
이다. 그 점에서 개별성과 보편성을 통합적으로 실현한 실물적
사례로 황삼연 시조는 우리에게 다가온다. 그만큼 그의 시편은
서정시가 개인 경험의 산물이면서 동시에 보편적 삶의 이치를
노래하는 양식임을 알게끔 해준다. 결국 황삼연 시인은 사물
속에 선명하게 담긴 시간의 흐름을 읽어내고, 일상적 감각으로
는 포착하기 어려운 신선한 감각의 순간을 노래한다. 그러한
음역音域이 우리의 감각과 인식을 갱신하면서 남다른 경이감
을 느끼게끔 해주는 것이다. 그리고 그러한 감각의 탐구는 시
조 자체의 존재론으로 자연스럽게 흘러들어 그 개념적 확장을

116

시도하는 쪽으로 나아가게 된다.

　　기교도 화려함도
　　애잔한 티도 없는

　　우아한 열창에도
　　동요 한 치 일지 않는

　　소리로 소리를 받치는
　　다만 묵직한 소임

　　불거질 음이 날까
　　줄마저 모자란 채

　　무대의 한켠에서
　　울림만으로 존재하는

　　계륵은 이미 아니어
　　끝내 튼실한 버팀목

　　시우쇠 두드리는
　　땀 절은 목청 같은

숲으로 몰아가는
무테의 에너지로

눈비음 쏠리지 않아
거기중하다, 마냥
      ─「베이스 기타」전문

이 아름다운 시편은 물론 '베이스 기타'라는 특정 악기에 대한 관찰과 묘사의 소산이지만, 궁극적으로 예술이 지향하는 속성을 확장적으로 은유하고 있다. 시인은 베이스 기타의 기능과 속성을 두고 "기교도 화려함도/ 애잔한 티도 없는" 세계라고 함축한다. 곁에서 우아한 열창이 진행되어도 동요하지 않고 "소리로 소리를 받치는" 묵직한 소임을 다하는 것이야말로 베이스 기타의 온전한 기능이다. 그것은 어느새 은은하고 중중한 배경이자 모든 존재자들을 안아 들이는 품으로 거듭난다. 그러한 소임을 다하면서 "무대의 한켠에서/ 울림만으로 존재하는" 베이스 기타는 "끝내 튼실한 버팀목"으로 존재하게 되고, 나아가 "숲으로 몰아가는/ 무테의 에너지"를 통해 한쪽으로 쏠리지 않는 거기중居其中한 균형 감각까지 구비한 참다운 예술정신의 소유자로 몸을 바꾼다. 그것은 은연중에 '시조'라는 은유적 상관물을 암시하게 되는데, 말하자면 황삼연 시조가 궁극적으로 지향하는 세계가 기교도 화려함도 없이 시조단이라는 무대 한 켠에서 울림만으로 존재하는 세계일 것임을 암시하는 것이다. 그리고 그 세계는 "말없이 말하는 법에 흠씬 익은"(「살다 보니」) 시간을 거느리면서 "새에게 배운 말을 바람에 전하는"(「자전의 일부분」) 순간으로 한없이 이어져 갈 것이다.

　　한 조각 볕뉘를 불씨로 움켜쥐고
　　질기게 달라붙는 어둠을 버티려고

　　시 한 줄
　　눌러씁니다
　　노래가 될 것만 같아

　　부시면 보지 못해 어둠과 다름 아니어
　　새벽 같은 설렘으로 가슴을 펼치려니

　　반전은
　　계속되겠지요
　　어둠기에 더 밝은
　　　－「넥스트Next」 전문

　시인은 "시 한 줄" 눌러쓰는 자신의 창작을 "한 조각 볕뉘를 불씨로 움켜쥐고” 이어가는 과정이라고 고백한다. “질기게 달라붙는 어둠을 버티려고” 시를 쓴다고 하면서 외롭고도 강렬한 의지를 내보인다. 그때 그 “시 한 줄”은 시인에게 “노래가 될 것만” 같게 다가온다. “새벽 같은 설렘으로 가슴을” 펼치려는 열망으로 “어둡기에 더 밝은” 그의 미학적 반전은 이처럼 지속되어 갈 것이다. 그 창작의 역리逆理가 바로 시인이 써가는 시조의 ‘넥스트’가 되어줄 것이 아니겠는가. 그 ‘Next’는 다음의 과정이요 앞으로의 비전이기도 할 것이다. 그렇게 시인은 오늘도 감각의 탐구를 통해 “시 한 줄”을 “봉인된/ 누천년 사슬/ 풀어내는 봄 볕살”(「민들레」)처럼 세상에 내보내면서 “뒤돌아 애써 태연한 그러다 더욱 아픈”(「눈물 해부학」) 예술적 시간을 함께 살아가고 있다.

　이처럼 황삼연 시인은 자신이 매진해 가는 시조 창작의 무의식을 고백해 가는 모습을 보여준다. 삶의 구체성에 대한 관심을 통해 그러한 예술성에 비상한 의미 부여를 해가고 있다. 물론 그는 목소리를 높여 어떤 대상을 평가하거나 자신의 생각을 틈입시키지 않는다. 다만 일상의 눈으로 간과할 수 있는 잃어버린 근원에 대한 추구를 낮은 목소리로 들려줄 뿐이다. 그 점에서 근원적 실재를 아름답고 처연하게 보여주면서도 우리가 잊고 살아가는 가치들을 들여다보게끔 하는 힘을 그는 지니고 있다. 그렇게 황삼연의 시조는 오랜 기억을 되살리면서 시간의 흐름을 겪어가는 존재자의 순간적 자각에 커다란 관심을 부여한다. 거기서 비롯되는 정서적 반응에 가장 우선적인 실존의 근거를 둔다. 이때 주체는 세계로부터 초월하지 않고 삶의 순간적 파악을 통해 세계에 참여한다. 예술적 존재론을 기억의 원리에 의해 견디고 그것을 심화해 가는 이러한 시인의 태도는 이 부분에서 단연 빛난다. 이는 서정시가 인간 존재를 이성적으로만 파악하는 것이 아니라 감각적 현존을 통해서도 드러내는 양식임을 보여주는 실례일 것이다. 그 점에서 황삼연 시인의 언어는, 서정시가 끊임없이 우리의 현재적 감각을 구성하고 탈환해 가는 예술임을 확인해 주는 물증으로 우뚝하다. 단연 애잔하고 융융한 세계이다.

3. 존재의 원형에 대한 실감 어린 기억들

이제 이번 시조집에 남아 있는 또 하나의 목소리를 만나보자. 그것은 존재론적 기억과 시간에 바쳐진 시인 자신의 노래일 것이다. 우리는 이 시편들을 통해 서정시가 개인 경험의 산물이자 동시에 보편적 생의 이치를 암시하는 양식임을 깨닫게 된다. 지나온 나날들에 대한 강렬한 그리움에서 촉발하면서도 어떤 보편적 이치에 이르려는 시인의 고백적 상상력은 매우 견고하고 깊다. 원래 모든 기억은, 과거 시간에 대한 사실적 재현이 아니라 시인의 독창적 시선에 의해 선택되고 재구성되는 실

체라는 점에서, 황삼연 시인이 선택하고 배열하는 기억은 그가 지금 중히 여기는 삶의 형식을 고스란히 담게 마련이다. 자연스럽게 시인이 회상하고 재현하려는 기억 역시, 지금의 시인이 잃어버리고 살아가는 아름다운 원형에 대한 그리움에서 발원하는 것이다. 그래서 그의 시편은 자신의 기원과 궁극에 대해 사유함으로써, 개별적인 나르시시즘을 넘어, 인간 보편의 품을 넓게 보여주는 세계이다. 여기에는 자신의 고향과 가족에 얽힌, 시인 자신의 기원을 상상하게 해주는 서사narrative가 가득 펼쳐진다. 먼저 그의 고향 이야기에 접속해 보도록 하자.

금오산 이마 끝에 아침이 걸리면서
앞내의 백사장은 은빛을 열어가고
골목엔 철부지 동무들 서두르듯 붐비던

황악이 품어 안은 자산의 맑은 기운
샘솟듯 흘어가니 새소리도 정겨워서
집마다 도란대는 웃음 대문 활짝 열리고

새 길 난 설렘 위로 자치기 이어지다
어스름 반딧불이 노을을 휘젓고야
하나, 둘 아쉬운 걸음 앙감질도 무겁던

부푸는 꿈길 따라 모습이 변해가도
어떻게 잊을 건가 정 깊던 동무들아
안태본 잉걸로 있어 다하는 날 너머로
  –「금릉의 노래 – 고향 찬가」 전문

고향에선 벌레를 버러지로도 불렀다
답잖은 짓을 할 때 더욱 그리 불렀다
말 속엔 짜릿한 맛도 신통하게 들어 있다
  –「벌레와 버러지의 차이」 전문

　시인의 고향인 김천 금릉은 "금오산 이마 끝"과 "앞내의 백사장"이 열어가는 아침과 은빛에서 그 풍경이 시작된다. 어린 시절 골목은 철부지 동무들이 붐비던 곳이었다. "황악이 품어 안은 자산의 맑은 기운"은 고향의 안으로 흐르는 정기를 말해주는 듯하고, "집마다 도란대는 웃음"은 사람 사는 곳으로서의 향기를 들려준다. 그 순간 '자치기'나 '어스름 반딧불' 그리고 '앙감질'이 한 시절의 속내를 부조浮彫한다. 비록 모습은 변해가도 시인은 "어떻게 잊을 건가 정 깊던 동무들아"라고 외치면서 잉걸로 남은 안태본安胎本을 떠올린다. 그리고 '금릉의 노래'를 '고향 찬가'로 완성한다. 그러니 그 고향은 시인 자신의 실존적 수원水源이요 궁극적 귀의처가 되고도 남을 것이다. 그런가 하면 고향에선 "벌레를 버러지로도" 불렀다는 회상을 통해 시인은 "답잖은 짓"을 하는 이들을 그렇게 불렀다고 하면서 말속에 들어 있는 짜릿한 맛을 떠올린다. '버러지'라는 말을 통해 고향 금릉이 견지해 온 품격과 인간다움의 흔적을 잠시 회억回憶한 것이다. 이처럼 시인은 고향에 대한 그리움을 통해 "첫눈꽃 뭉클한 설렘 추스르는 속정"(「다시 피는 꽃」)을 우리에게 건네고 "하나둘 별들을 모아 우주 하나 또 만든"(「저물녘 산문」) 순간을 고스란히 재현하고 있다.

서리에 잎이 질 때도
미소로 가득했지요

병상의 가는 볕살
눈으로 모아 담아

한마디
않으신대도
알 수 있는 떨림입니다

꽃다운 기운들을
아끼지 않으신 게

골배질 다름 아닌 줄

이제사 사무칩니다

풀리는
삼동길 따라
봄을 부르고 가신 당신
　　－「사모곡」 전문

　이번에는 '어머니'다. 시인의 기억 속 어머니께서는 서리에 잎이 지거나 병상에 계실 때도 '미소'와 "알 수 있는 떨림"으로 존재하셨다. 가족을 위해 "꽃다운 기운들"을 아끼지 않으신 어머니의 희생과 헌신이야말로 "골배질 다름 아닌 줄" 시인은 이제야 사무치게 알게 되었다고 고백한다. "풀리는/ 삼동길 따라/ 봄을 부르고 가신" 어머니에 대한 절절한 그리움의 '사모곡'은 이렇게 완결되었다. '골배질'은 나루터에서 얼음이 얼기 시작하거나 풀릴 때 얼음을 깨고 뱃길을 만들어 배를 건너게 하는 일인데, 말하자면 어머니께서 그러한 일을 담당하신 것이라고 시인은 말하고 있는 것이다. 그렇게 어머니의 삶은 "허기진/ 갈증만 남은/ 말라버린 눈물샘"(「까마귀, 그 사투」)으로 비칠지 몰라도 그 안에 "함께라는 따스함"(「블랙커피로 쓴 수필」)을 지금도 주고 계시고 "오롯한 외길뿐인 양/ 영원을 가는 동행"(「쌍분」)으로 남으신 것이다. 그립고 그리운 영상이 아닐 수 없다.

우리는 서정시가 우리 일상에 편재해 있는 폐허와 불모의 분위기를 치유하고 새로운 가능성을 꿈꾸게 하는 양식임을 알고 있다. 특별히 서정시가 수행하는 삶과 죽음, 기원과 궁극의 탐색을 통해 우리는 다양한 예술적 경험을 치르게 된다. 하지만 서정시는 생성의 세계만을 그려내는 것이 아니라 우리가 잊고 살아가는 흔적들에 대한 그리움을 노래함으로써 시간을 거슬러 가기도 한다. 이는 비유컨대, 여명의 활달함을 그리는 것도 중요하지만 저물녘 아우라를 형상화하는 데도 서정시의 몫이 존재함을 말해주는 것이다. 황삼연 시인은 그렇게 고향과 어머니를 통해 존재론적 기원과 궁극을 그려간다. 서정시의 중요한 역할 가운데 하나가, 현실에서는 거의 이루기 어려운 근원적 존재 전환을 상상해 보는 데 있지 않을까 하는 가설을 그는 이렇게 입증해 간다. 이때 우리는 일상의 건조한 현실을 벗어나 전혀 다른 상상적 거소居所를 만들면서 지상에서의 가파른 삶을 견뎌가게 된다. 존재 전환의 상상 범위를 한껏 넓혔다가도 다시 자기 탐색의 시간으로 회귀하는 과정을 어김없이 밟아가는 시인의 언어를 따라 우리도 존재의 원형에 대한 실감 어린 기억들을 만나게 되는 것이다. 지상의 존재자들을 따뜻하게 감싸안는 감정 형식을 통해 존재의 원형을 찾아가는 황삼연 시조는 그렇게 심미적인 근원적 문양을 풍요롭게 내장하고 있다 할 것이다.

4. 삶의 이면적 비의秘義를 통찰한 실존적 고백록

황삼연의 이번 시조집을 통해 우리가 발견하는 사유 방식 가운데 하나는, 그것이 내면이든 풍경이든, 그 안에서 시간의 외로된 흔적을 들여다보는 행위가 반드시 수반된다는 점에 있다. 이는 세계내적 존재로서 가지는 시인의 시선과 연관된다. 이때 시간은 객관적으로 분절된 물리적 개념이 아니라 개개인의 구체적 삶에서 경험되고 인지되는 주관적 형식을 말한다. 사실 한 편의 시 안에 나타난 시간이란 시인의 경험적이고 주관적인 시선에 의해 선택되는 '시적 시간'이다. 그러므로 엄밀한 의미에서 물리적 시간 자체가 시 안에 재현되는 경우는 거의 없다. 황삼연 시인은 사물과 풍경 속에 존재하는 시적 시간을 살아내면서 뭇 존재자들의 음영陰影을 보여준다. 그럼으로써 개성적 심안心眼, 深眼을 통해 '풍경 뒤의 시간' 혹은 '풍경 자체인 시간'을 바라보는 이[見者]로서 훌쩍 우리를 찾아온다. 다음 시편을 한번 읽어보자.

쉰 목을 축이려는
고라니 주춤대고

몸 담글 산새 한 쌍
꽁지깃 쫑긋거리자

송골매 맴도는 경계
얼핏얼핏 비친다

무언의 아우성이
새파랗게 뛰어들어도

수면은 태연하게
잎 하나 띄워놓고

늦봄이 물수제비에
속절없이 갇힌다
  ―「얼굴 한번 비추려고 물가에 앉았더니」전문

  신화 속의 나르키소스처럼 물가에 앉아 얼굴 한번 비추려고 하는 이가 있다. 그의 시선에는 "쉰 목을 축이려는/ 고라니"와 "몸 담글 산새 한 쌍"과 "송골매 맴도는 경계"가 물속에 얼핏얼핏 비치는 풍경이 들어온다. 그들이 주춤대고 쫑긋거리고 맴도는 순간은 어쩌면 물리적 흐름이 멈춘 조요로운 시간이요 '공간화된 시간'일 것이다. 그때 끼쳐오는 "무언의 아우성"에도 불구하고 수면은 그저 태연할 뿐이다. "늦봄이 물수제비에/ 속절없이 갇힌" 이 자연의 시간은 '시인 황삼연'이 관찰하고 함축하고 설계한 일종의 미학적 시간이다. 다른 작품에서도 이러한 순간은 가령 "어둠의 절대적 공간/ 비집은 틈 환영 하나"(「밤비, 불면을 탄주하다」) 혹은 "단호한 천진함으로 흔들어볼 심장"(「비에게서 얻은 시」)의 모습으로 현현되곤 한다. 이 모든 것이 자연에서 바라본 어떤 순간에 영원을 담아내려는 시인의 의지와 역량을 보여주는 탁월한 사례일 것이다.

　　들길은 저기 끝을 마다 않고 찾아가고
　　새는 까무룩 해도 한눈에 담아보네
　　인적만 바람에 날려 목마름을 견딘다

　　알곡의 살찐 꿈이 빈 들을 망각한 채
　　맞물려 억겁의 시간 농부를 붙들었네
　　똬리 튼 전설로 엮어 땀내를 지웠구나

　　산을 어디로 치워 구름을 놓아주고
　　설 자리 호수는 앉아 물길을 유혹하네
　　들 한켠 동그마한 집 아름답도록 외롭다
　　　　─「발트국의 들」 전문

　수많은 시간이 응축된 시간을 바라보는 시인의 시선은 공간이나 장소를 넓혀 더욱 아스라한 순간을 창출한다. 가령 '발트국의 들'이라는 공간을 택하여 시인은 그 들길이 "끝을 마다 않고 찾아가고" 있고 그 위를 날아가는 새는 "해도 한눈에 담아" 내는 장면을 목도한다. "인적만 바람에 날려 목마름을" 견디고 있는 이국異國의 들길이 눈길에 잡히는 듯하다. 시인은 "알곡의 살찐 꿈"이 "억겁의 시간 농부"를 붙든다며 땀내의 전설로 엮인 오랜 노동의 시간을 환기한다. 산과 구름과 호수가 어엿하게 배경을 이루는 "들 한켠 동그마한 집"이 아름답도록 외로운 풍경으로 다가와 '시인 황삼연'의 마음을 보여주는 듯하다. 이처럼 이역의 공간을 통해 자연과 인간, 풍경과 노동의 보편적 공존을 노래한 시인은 자신이 "묵직이 갈구했고 순순히 따라가던"(「기슭」) 시간을 품으면서 "눈으로 보이는 만큼 그쯤 먼 곳이 먼 곳"(「먼 곳」)임을 알아가고 있다.

이처럼 황삼연 시인의 이번 시조집은 삶의 이면적 비의秘義를 통찰하고 그 안에서 존재론적 깨달음의 과정을 투명한 전언으로 들려주는 실존적 고백록이라고 말할 수 있다. 시인은 자신이 오랜 시간 경험해 온 삶의 이법理法들을 실감 있게 노래하면서, 그 안에 생성과 소멸, 삶과 죽음, 현존과 부재 등 상반된 속성들이 한 몸으로 결속한 순간을 탐색하고 담아내고 갈무리한다. 그럼으로써 삶의 불가피한 역설에 대해 주목하고 사유하면서 삶의 심연에서 어김없이 소용돌이치는 미학적 격정을 형상화한다. 그 안에서 우리가 어찌 예술과 인생에 대한, 삶과 시조를 향한, 선연하고도 심미적인 위엄과 자긍自矜을 발견하지 않을 수 있겠는가. 결국 우리는 이번 시조집을 통해 인간 존재의 근원에 대한 탐색 과정에 동참함은 물론, 그의 시조에 나타난 개체적 경험에 긴박되지 않고 존재 일반의 탐색이라는 성격을 경험하게 된다. 이번 시조집은 시인의 균형 감각이 뜻깊게 실현된 결과물로서, 시인이 탐색해 가는 존재의 근원과 자기완성의 모습이 어떠한지를 물어간 미학적 결실이기도 한 셈이다.

5. 위안과 치유 그리고 발견과 공감의 언어

지금까지 우리는 황삼연의 시조를 통해 그동안 대립적으로 인식되어 온 여러 개념이나 표지標識들이 재구성되는 과정을 경험하였다. 예컨대 그것은 한동안 대립적 위상을 가지고 있던 것들이 사실은 한 몸으로 결속되어 있는 것임을 증명해 낸 세계였다. 그래서 우리는 선형적 도식이 소멸하면서 다양한 수평적 타자들이 한데 어울려 웅성거리는 소리를 그 안에서 경청하였다. 그의 시조가 삶과 죽음, 빛과 어둠, 생성과 소멸, 신화와 퇴화 같은 것들이 선명한 분절적 개념이 아니라, 한 몸으로 묶여 모든 사물과 운동을 규율하는 양면적 속성을 담고 있음을 알게 된 것이다. 또한 우리는 그의 시조 안에서 삶이라는 것이 단선적 질서에 의해 전개되는 것이 아니라 대립적이기까지 한 많은 것들이 복합적으로 얽힌 채 흘러가는 것이고, 시조가 자기 충실성을 벗어나 타자들의 삶에 대한 관심으로까지 확장되는 것임을 경험할 수 있었다.

결론적으로 황삼연의 시조 미학은 자연과 인간이 평화롭게 공존하는 시간에 대한 그리움을 한껏 아름다운 형상으로 보여주었다. 그것을 그는 시조라는 언어적 육체가 거두어들일 수 있는 가장 안정적이고 높은 형식으로 담아냈다. 물론 시조는 정형의 울타리 속에 담긴 인간의 원초적이고 미분화된 정서와 통합적인 삶의 이치에 그 존재 근거를 두고 있다. 그 점에서 시조는 사물들 사이에 날카롭게 존재하는 차이와 균열의 양상을 포괄하는 자유시형과 현저하게 구별된다. 말하자면 시조는 동일성에 바탕을 둔 '충만한 현재형'을 구상화하는 데 그 존재 의의와 양식적 정체성이 있다. 황삼연의 시조 미학 역시 이러한 시조 보편의 형식 의지에 그만의 그리움을 얹으면서 양식적 정체성을 완성한 것이다.

그래서 우리는, "소리로 소리를 받치는/ 다만 묵직한 소임"(「베이스 기타」)을 완성한 황삼연 시인이 자기만의 세계를 견고하게 다져가면서, 거듭 갱신과 심화를 이루어가면서, 많은 이들에게 삶의 기원과 궁극을 노래하는 사랑과 그리움의 서정으로, 한없는 위안과 치유 그리고 발견과 공감의 정형적 언어를 지속적으로 들려주기를, 마음 모아 소망해 보게 된다.